句集
風韻
石寒太
紅書房

目次

ブックデザイン＝鈴木一誌・山川昌悟

句集
風韻

枯野抄

二〇一二年

鬣のわれにあらざり春疾風

足長の朔太郎像風薫る

美しき泥の遺影よ三月よ

鳥曇裁判傍聴席へ列

どろばう橋渡らずにゐし山笑ふ

亀の鳴く夜よふたりのボンカレー

八雲立つ出雲の海や霾ぐもり
ももいろの猫の肛門春浅し

鏡台へ少し爪立ち朝ざくら

大津絵の鬼の髭跳ねのどかなり

雉子の眸やわれに師のなき二十年

牡丹や妻の鼾の白きこと

妻へ向く造花のやうなアマリリス

薔薇ひらく寸前風の止まりけり

寂寞の赤城山巓梅雨に覚む

四郎・楸邨

「さんたんたる鮟鱇」の詩梅雨深し

斜陽館の昏き土間蔵夏日燦

みちのくの修羅よ筍流しかな

老鶯やはなればなれにゐる夫婦

七月の三日楸邨忌を修す

一本の鉛筆朱夏の黙礼す

天国へもつとも近き大花火

蚰蜒の脚ぐづぐづにくづれをり

どの小径降りやう蛇に会はぬやう

夏の月牛舎に牛のをらざりし

生還の目途の十年盆の月

楸邨の流離の時代草の絮
流亡の泪いくつぶ星月夜

蟷螂の斧自然死か自死なるか

十六夜の真つ赤な蟹の爪天へ

秋茄子の艶のころころ洗ひ笊

秋蟬の尿の綺羅羅よ賢治の忌

BMWのつつ込んで来し大花野

秋日燦狂言塚の深き彫

枯れすすむ父の遺せる裏の山
遠目にも鴛鴦と分かりし漣す

頬杖の妻の瞳はるか大晦日

抱擁か凍死か黄昏の一対

春隣着衣のマハに逢ひにゆく

凍星の山へ還りし山の音

賢治抄

二〇一三年

新年の歯刷子揃へ入院す

鰆東風生あるものの立ちあがり

また春の雪になるやも薄紅梅

薄紅梅薬待つ間のしはぶきか

花冷えや銀河鉄道始発駅

もののふの落ちし眠りや竹の秋

風神の鼾聞きをり木の芽風

光琳の描きし亀の鳴きにけり

ふるさとへぐんと近づき雪解富士

つくしんぼ土中のこゑの湧き上がり

上海・揚州五句

日本よりはやきさくらに迎へらる

旗のごと戦ぎし洗濯物の春

霾天やビル建設の矩形空

朧夜の魯迅の出歯デスマスク

はるかなる北京へつづく柳の芽

上海やみどりしたたるプラタナス

水音の鳴る方へ降り櫻蘂

老耄の黒豹さくら蘂降れり

ふところの詫び状ひとつさくら草

百歳の五行の葉書朝ざくら

熔岩躑躅山頂開拓流人句碑

緋の躑躅旅のなかばの疲れかな

風船屋台しあはせひとつ売りにけり

本塁を踏めずさくらの下にをり

亡き人の椅子に坐りし夏はじめ

ひろびろの山廬の畳あかき蟻

核の塵積もるみちのく遠き雷

「セロ弾きのゴーシュ」夜店の灯に売られ

夏旅のひと日の時や真砂女の地

夏草の奥に沼あり櫂の音

あぢさゐの毬に触れけり牛の尻

骨壺に屑集めゐし青時雨

安房上総

振り返る真砂女の在らず卯浪かな

妻の読む菊女伝説椎若葉

海見えて水田明るき安房上総

楸邨の供華はなやぎし梅雨墓参

長谷川智弥子氏より

炎昼の越《こし》より電話癌同士

佐藤良重さん

絵手紙の向日葵はみ出して笑ふ

ベルリオーズ昂ぶる午后の驟雨かな

夏　衣　縦　一　文　字　の　手　術　痕

喪ごころの少し和らぐ昼寝かな

梅雨いかづちらしき蟬塚少し減り

藤沢周平

名誉市民辞退の手紙蟬しぐれ

黒川能最中に寐《い》ねて涼しかり

連獅子の胸そり返り梅雨の雷

入院・手術　十句

入院の前のパジャマよ朝の虹

検査入院四日目となり旱《ひで》り梅雨

X線の腸の悪玉梅雨最中

検査食啜りて了る梅雨の夜

排泄の流動食や床涼し

点滴や梅雨満月の高さより

点滴の落つるを数へ秋十日

点滴は梅雨夜の泪かも知れず

口寄せに父の来てをりあを胡桃

手術前夜臍のまはりを剃られ秋

病む馬のたてがみへ降り流れ星

ピカドンを知らぬ子月へ千羽鶴

放心の放哉月を跨ぎをり

秋彼岸中日《なかび》に吾を産みし母

安達太良の山の正面豊の秋

塞翁の馬の鬣秋の風

退院の見舞呆けの大南瓜

退院のラジオ体操小鳥来る

退院の朝や台風ゆつくり来

母逝きしいくつ泣きつつ蓼の花

秋灯下消したるのちのいのちかな

光太郎の巨き栗の樹小さな実

賢治の地　十一句

藁塚のヒト立つかたち賢治の地

はろばろと賢治の墓や霧の音

十指組む祈りの刻よ夕野分

陸沈やマコトノ草ノ種こぼれ

ふたたびの死者に逢ふ旅秋の虹

イギリス海岸修羅水音の秋日燦

冬近し賢治未完のままの宙

みみづくの案内板や賢治の忌

みんなみへ修羅の帰燕となりにけり

震災の青宙ひろし賢治の忌

星めぐりの歌の口笛雪の朝

妻いつかふるさと捨てし雪催

風花へひらきて小さき父の遺書

吹越《ふっこし》に会ひし山刀伐峠口
乾鮭に塩振るたびの綺羅羅かな

河豚ひとひら幸のひらひら皿の上

抗癌剤治療のメール冬木の芽

ラグビーの歓声遠し癌病棟

定位置に鳶一月の柳瀬川

パスポート三つポケット雪の朝

涸川や鈍《のろ》のをとこのごとき石

ポメラニアン瞳黒粒水仙花

さかしまの凍滝一本父の山

喪の花のごとく流氷散り浮きし

炎環二十五周年記念

雪催いのち語れる兜太大人

愛禽抄

二〇一四年

楸邨の謎めく一句去年今年

うしろ向きに手を振る別れ寒の明け

セッターの犬の泪や今朝の春

啓蟄やこころの鍵のひとつ鳴り

楸邨のことば反芻春の風

楸邨に風船持たす旅なかば

呼べばすぐ「んにやん」と応ふ春の猫

悼・林千鶴子さん

列柱に隠れし蝶のいのちかな

翔つたびにてふてふ一語づつ吐きし

悼・長谷川智弥子　六句

思ひきり泣いてもいいよ春の雪

薄氷や先に逝くなというたのに

越《こし》の谷いま春雲に乗り逝くよ

湖北より帰りし越の春惜しむ

人の死へ春の銀河の眩しかり

つばくらめ風のいのちと繋がりし

朱鷺《とき》を見に来よ佐渡よりの春便

凧糸勁くたぐり寄すれば父ありし

洗ひたる硯よ春の海ひろし

三月や駆けこむ深夜郵便局

述懐の楸邨七句春の霜

嬰の掌の風へひらきし牡丹の芽

花の屑踏みてまつすぐ邪宗門

九条の会の案内や春疾風

一期なる朝よ一会の夕ざくら

うらうらら兎の二円切手かな

てつぺんに父の墓ある遅日かな

軽トラの荷台にひとり春日傘

飛花落花非核宣言都市真昼

気の遠くなるまでひとり鳥の恋

佐藤良重句会へ

うららかや句座に着きたる車椅子

結界や浅黄曼荼羅蝶《あさぎまだら》の低く翔ぶ

春の雪ガレの灯りのひとつ点き

書付花と添へて渡さむ杜若

大向日葵眼鏡の貌のさびしかり

悼・長谷川智弥子　三句

葬送の谷はつなつの鐘ひとつ

端午の日智弥子のピエロ胸に付け

そもそものはじめ片貝花火かな

臨江閣越ゆる青筋揚羽かな

臨江閣のふたつ銅鉢緋の金魚

楸邨の星出るころぞ木下闇

楸邨忌前日鰻焼け焦げし

子別れの隠岐の黒牛大南風

祝・曽根新五郎

南風へ身を立直し海女潜る

白南風やいつも駱駝の泪ぐみ

八月や水の嗚咽を聴いてゐし

水兵の三橋敏雄梅雨の雷

仰向けやわが命終も空蟬も

走る蟻怯む蟻みな頂へ

隠岐　十二句

楸邨の句碑にもひとつ螢来《こ》よ

楸邨の海月のくらり沈みけり

楸邨の海月の透きし重さあり

飛魚や院の骨粉こぼしつつ

青胡桃院の無念の十九年

修羅の世の御塚守りし梅雨鴉

梅雨鴉の呵呵のふたころ隠岐の海

流人墳墓群どんぐりを踏みしだく

梅檀の幹の炸裂野分あと

隠岐泊り仰ぎてひとつ流れ星

楸邨のことばのちから莢の實

賜はりし新米三匙隠岐神社

たなごころひらかば白き風の径
駆けつけしあづまをとこや大文字

大文字消えしちらちら比叡の灯

妻置き去りに朝からの大文字

岡田由季句集『犬の眉』

今朝の秋犬の眉毛の濃くなれり

草田男の詰問楸邨の鰯雲

猿のこしかけふたつ双子の座りゐし

日本橋倶楽部俳句会 百周年

百年の一よりはじむ今朝の秋

生誕の空の真青よ九月来る

地下街へ万の人消ゆ秋黴雨

海の傷しづかに疼き秋深む

昼寄席のはねし秋暑の池袋

鉄砲坂のぼりつめたる厄日かな

黄落のまつただなかのひとりかな

てのひらの中の怒りよ椿の實

一ノ木文子

死ぬるまで遊びの途中紅葉谿

いろいろいろいろはもみぢのちりぬるよ

空港はひかりの巣箱冬来る

初木枯表札に父生きてをり

鬼柚子の鬼ともなれぬこゑひとつ

落葉降《ふ》る神の降《お》りたる高さより

母よ来《こ》よ子よ来よふゆのさくら山

遺句集に栞りしふゆのさくら花

今《いま》際《は》の母へ鯛焼ひとつ買うてをり

校正へ一本下仁田葱提げし

風花浮遊特定秘密保護法案

蠟涙の人のかたちも寒さかな

哈《ハ》爾《ル》濱《ピン》へひとり旅立つ霜柱

大年の牛舎に父のしはぶけり

退院の鞄へひとつ冬林檎

雪をんな振りむきざまの泣き黒子

もう兎飼はないと決め妻なりし

風韻抄

二〇一五年

戦後七十年明けし初御空

吉行あぐりさん追悼

松の内過ぎし深夜のあぐりの訃

別れぎはのいつも風ありどんどの火

凍滝の溶けはじめむと怺へをり

歌に哭く永田和宏春待てり

いかのぼり風のいのちにつながれり

砂時計ひつくり返しあたたかし

母睡る伊豆あたたかし蜜柑山

出そびれの雛うづうづ函の中

陽炎の真中を抜け少し老ゆ

朝日受く一本ざくら墓標とす

遭難の靴に乾びし春の泥

生くること歌ひし旧居牡丹の芽

原子炉の白き時間よ花馬酔木

セシウムの見えざる怖さかくらの芽

問診の一語一言木の芽風

病院の窓開かざりし初蝶来

さくらの芽瞠めピンクの保険証

採血の「おくれてゐます」蝶生るる

はらからのかたまりはじめ八重櫻

てのひらに余る薬や春の風

さくら餅買ひし遠出の車椅子

生くるとはいまさくことよさくらばな

亡き母の手書きの細字花便り

デッサンの未完の乳房さくら東風

おぼろ月流され王の黒木御所

ふるさとの和紙の卒業証書かな

同齢の若冲・蕪村展おぼろ

ひらひらりマンバウ初夏の宙へ
闘ふ蟻憩へる楸邨の無言

チェロ負ひて沈む少女よ夏めけり

遠島百首楸邨二百句朱夏の旅

にはたづみ昨夜の梅雨の隠岐泊り

楸邨の怒濤きらきら夏至の朝

退院の欄の二文字夏至夕べ

老鶯や妻の泪のあふれ来し

走り梅雨しくしくしくしく手術痕

峰雲の根元はるばる隠岐の島

蓮華舞素足のたたら一歩かな

啄木像髭なし蜥蜴の尻尾なし

少年の雨の匂ひやかぶと虫

わけもなくころびやすしよ雲の峰

赤棟蛇流れの底に落ちにけり

天城山あをくらがりの行々子

老鶯や廻りて軋む摩尼車

草津ハンセン病棟跡

黄のカンナ一株ありし楽泉園

戦争法案通過す四万六千日

勝越しの島の力士や夏の月

赤目四十八滝乳房浮かびけり

地下鉄窓大黒揚羽きらきらす

ゴーギャンのをんなの腕朱夏の海

大海月くらりとあをの傾きし

のうぜん花母亡き家へ帰らむか

刺青の老婆の右脚島の夏

シンガポール

ブーゲンビリア双子睡れる乳母車

小嶋芦舟『埠頭』二句

初句集埠頭のポンポンダリアかな

天の川はるか水俣埠頭かな

今朝の秋眼下戦火へ傾きし

からつぽの牛舎明るき良夜かな

獅子《シーサー》に月この国の基地いくつ

老いてなほ人怖れゐし草の花

天界の待つ幾人《いくたり》ぞ吾亦紅

俳諧に老ゆる一歩や草紅葉

ななかまどまつ赤ニンゲンそらぞらし

草の絮翔んで山高帽の上

鴨川　三句

結界の七重塔や安房雨月

安房上総つぶてのごとき秋の鳶

秋風や安房鴨川の海昏し

赤彦の柹蔭山房柿すだれ
しぐるるやこんなところに曾良の墓

御神体御山しぐれてゐたりけり

日本狼滅ぶ山中詩生れし

天国まで蹤きてゆくらし綿虫よ
落葉掬ふやうに攫つて欲しかりし

綿虫の綿虫らしく浮游せり

一幹の裸木となり伐られけり

裸木の伐られ図書館明るかり

不機嫌な子規の顎鬚ひかる冬

靴よりも巨き朴の葉踏みにけり

柹蔭山房

冬めくや髭のあをあをデスマスク

楸邨の顎の黒子や十二月

レシートの日付十二月八日

富士は不二極月の雲ひかりをり

着ぶくれの五人横椅子泌尿器科

天真抄

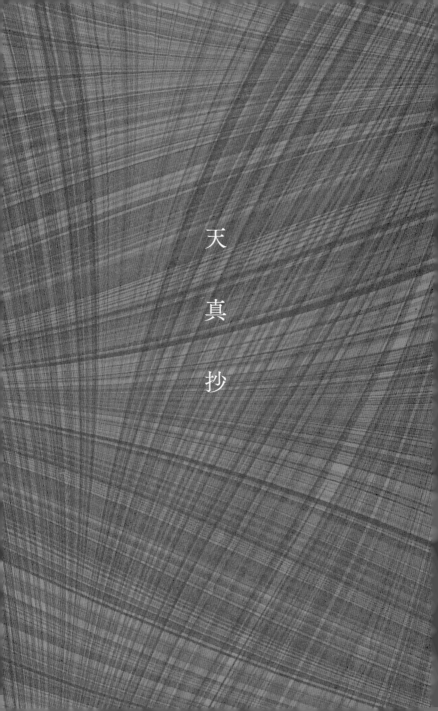

二〇一六年

あらたまの年の真白き富士顕《た》てり
泣虫へ大凧ひとつ降りにけり

馬の背にゆるる一歩や雪崩音

産院の紅白梅や柳瀬川

碧天へ梅のつぼみのつつつつつつ

晩年の似合ふ齢よ梅の花

一句吐き二句捨つる朝あたたかし

初蝶の生れしままなる黄に翔てり

吹けば飛ぶごとき紙雛たなごころ

父睡る天城絶巓山笑ふ

源氏絵へ入りて遊べる雛かな

双眸のひらくみちのく雛かな

流さるるいのち雛にとどまりし
まん丸の箸のつまみし雛あられ

大津絵の鬼の笑ひし雛の間

残酷な海のしづけさ三・一一

朝ざくら遺されてゐる膝小僧

野遊びや丸薬の銀こぼれつつ

贈られしデコポンの臍小さかり

九条のちらしにつつむさくら餅

母見舞はざる悔ひとつ初ざくら

花万朶いよいよ晩年への一歩

ニュータウン駅も藁屋も初つばめ

郭公の卵はひとつ他は誰？

前橋四句

くらがりの朔太郎像川おぼろ

みどりの淵の底渦巻ける広瀬川

青柳朔太郎碑の火の匂ひ

朔太郎の詩碑の一字よ青蛙

子の抛げし手裏剣朱夏の草の上

葉ざくらのてつぺんにあり空巣箱

みほとけの臍《ほぞ》のいづくや夏来る

石松の森のふるさと黄金虫

走り梅雨楸邨伝のいま半ば

梅雨入りや朱き表紙の子規句集

子つばめの嘴集まれり乾門

紅き薔薇覆ひし子規の埋髪塔

石手寺の梅雨くらがりへ鐘ひとつ

石垣に赤棟蛇あり子規の城

白南風の丘よ野球の百年碑

子規堂のくらがり抜けし鬼やんま

隠岐　八句

梅雨の雷ひとつみかどの一念か

赤壁の赭き三筋よ梅雨の月

焼火《たくひ》山頂にわれあり楸邨忌

ひかり満つ吾よ海月よ梅雨の月

みささぎの梅雨の朱印や末期の眼

岩つばめ梅雨満月の赤壁へ

荒梅雨や楸邨句碑の二十年

赤き蟹いづみの底をあるきけり

ゆうこくん

平田　俊子

校長先生は「ひらたゆうこくん」とわたしを呼んだ。「くん」ではなくて「さん」だったかもしれない。もしかすると「くん」も「さん」もなくて呼び捨てだったかもしれないが、「としこ」でなく「ゆうこ」と呼んだことは確かだ。

中学校の体育館。卒業式の予行練習。三年生はひとりずつ壇上にいき、校長先生から名前を呼ばれて卒業証書を受け取る練習をしていた。わたしの番になったとき、校長先生は「ひらたゆうこくん」と言ったのだ。「としこです」と反射的に答えた。前のほうにいた生徒たちがくすくす笑った。校長先生も笑いを含んだ声で、「ひらたとしこくん」と言い直した。「はい」と答えてわたしは卒業証書を受け取った。

「ああいうときは黙ってればいいの」自分の席に戻る途中で、数学の女の先生に注意された。意外だった。わたしたちは学校でいつも正しい答えを要求されているではないか。間違いを書くとペケをもらうではないか。名前を間違えられたら訂正を求めるのは当然ではないか。そういうことを言いたかったが、何も言えないままだった。

人の間違いを指摘することが常に正しいとは限らない。黙って聞き流すほうがいい場合もある。あれから半世紀が過ぎた今ではそんなふうに思う。校長先生がわたしを「ゆうこ」と呼んだ理由もわかる。たぶん老眼のせいで「俊子」が「優子」に見えたのだ。十五歳の頃は謎だったが、漢字をしょっちゅう読み間違えるようになった老眼の今はそのことがわかる。

〈詩人〉

『泉鏡花俳句集』（秋山稔・編）鑑賞

鏡花とたかし

三村　純也

私の最初の師、下村非文は、松本たかしの高弟の一人であった。したがって、私もおのずとたかしの作品に親しむようになったのだが、ある時、松本家が泉鏡花と姻戚関係にあることを知って、はっと思ったことがあった。周知のとおり、鏡花の母の兄が松本家に養子に入ったのが松本金太郎で、その息が、名人宝生九郎がことに目を掛けて鍛え上げた松本長《ながし》、たかしはその長男である。芸術上の貴公子と称されたたかしの作品は、気品高く、豪華絢爛で色彩感覚にも優れている。そういう作風は、旧幕以来の座付きの名家の出で、病気のため能役者への道は断念したものの、厳しい修練を積んだことに由来するが、その一方で、鏡花の影響を思わざるを得なかったからである。たかしは家蔵の江戸の文芸書は片っ端から読み、寄席や芝居に通ったという。そういう俳句以前の文学的遍歴の中に、泉鏡花の存在があったのではないか。私の鏡花への興味は、実に迂路ながら、こういうところから始まる。

鏡花の妻はもと神楽坂の芸者で、師の尾崎紅葉は生前、二人の仲を許さなかったという。たかしの妻、つやは、病弱のたかしのために看護師として派遣された八歳年上の女性だったが、いつしか夫婦関係になった。とくに父親や高浜虚子の勘気に触れたとは聞かないが、俳人としても活躍したつや女を、虚子はホトトギス同人にはしなかった。

　春愁や稽古鼓を仮枕　　たかし
　三河女と早苗取らうよ業平忌　　たかし

たかしの、こういう遊興的な句には、どこか鏡花の匂いを感じる。因みに「爪弾の妹が夜寒き柱かな」「撫子の露や伊勢路の草刈女」というような句が鏡花にはある。影響関係を定かにそれとは指摘できないが、雰囲気的に似通うものを、私は感じてしまう。

鏡花が内藤鳴雪の指導を受けていたことは初めて知った。正岡子規を中心とする日本派は、西洋画のデッサンから思い付いた写生という方法で俳句を革新しようとしていたから、画家として知られていた蕪村の俳句に注目したのは当然のことであっただろう。鏡花も鳴雪の影響で蕪村に触れたに違いないが、彼は写生よりも蕪村の怪奇な物語的な句に魅せられたであろうことは、容易に察しがつく。

木槿垣萩の花垣むかひあひ　鏡花
かたまつて霜夜の汽車を出たりけり　鏡花

これらは、いわゆる、客観写生の句としても通用する。が、やはり物語の発端、あるいは一場面を想像させる奥行と広がりがある。こういう点が文人俳句の面白さであろうか。

君と我糸にぬきしよ此椿　鏡花
君と我うそにほればや秋の暮　虚子

鏡花の句は明治三〇年作、虚子の句は明治三九年作。たまたま、上五が同じ表現になったものであろう。が、虚子句は嘘の恋で季題が秋の暮であるのに対し、鏡花句は「春述懐」の前書を付し、椿に糸を通して遊んだ幼い淡い恋を描いている。この時期、虚子も小説を志していたが、おのずとその目指すところが異なっていたことが窺えるように思う。

思いがけない依頼を受けて駄文を草したのだが、これを書いている書斎の窓からは、六甲連山の一つ、摩耶山が見える。鏡花が終生、信仰し続けた摩耶夫人を祀る忉利天上寺がある。そんなことも、因縁深く思われるのである。

〈俳誌「山茶花」主宰・大阪芸術大学教授〉

発売中　表示の本体価格に税が加算されます。

戦前の文士と戦後の文士　大久保房男
四六判　上製・函入　二四〇頁　本体二三〇〇円

文士と編集者　大久保房男
四六判　上製・函入　三五二頁　本体二五〇〇円

終戦後文壇見聞記　大久保房男
再版　四六判　上製・函入　二九二頁　本体二五〇〇円

文藝編集者はかく考える　大久保房男
第四版　四六判　上製・函入　三七二頁　本体二五〇〇円

書下ろし長篇小説・藝術選奨文部大臣新人賞受賞
海のまつりごと　大久保房男
再版　四六判　上製・函入　三六〇頁　本体二七一八円

ささやかな証言―忘れえぬ作家たち　徳島　高義
四六判　上製カバー装　二八八頁　本体二五〇〇円

古典いろは随想　尾崎左永子
再版　四六判　上製カバー装　二六四頁　本体二三〇〇円

梁塵秘抄漂游　尾崎左永子
三刷　四六判　上製カバー装　二〇八頁　本体二三三三円

源氏物語随想―歌ごころ千年の旅　尾崎左永子
四六判　上製カバー装　二八〇頁　本体二三〇〇円

啄木の函館―実に美しき海区なり　竹原　三哉
四六判　上製カバー装　二九六頁　本体一九〇五円

友　臼井吉見と古田晁と　柏原　成光
四六判　上製カバー装　二四八頁　本体二〇〇〇円

随筆集　**鯛の鯛**　室生　朝子
四六判変型　上製カバー装　二八八頁　本体一九〇五円

犀星　句中游泳　星野　晃一
四六判　上製カバー装　三四四頁　本体二三〇〇円

室生犀星句集　星野晃一編
文・川上弘美、四六判変型上製　二四〇頁　本体一八〇〇円

俳句の明日へⅡ――芭蕉・蕪村・子規をつなぐ　矢島　渚男
再版　四六判　上製カバー装　三〇八頁　本体二四〇〇円

俳句の明日へⅢ―古典と現代のあいだ―　矢島　渚男
四六判　上製カバー装　三一二頁　本体二四〇〇円

身辺の記／身辺の記Ⅱ　矢島　渚男
「梟」主宰　四六判変　上製カバー装　本体各二〇〇〇円

風雲月露―俳句の基本を大切に　柏原眠雨
四六判　上製カバー装　三九二頁　本体二五〇〇円

公害裁判　イタイイタイ病訴訟を回想して　島林　樹
再版　A五判　上製カバー装　七二八頁　本体二八五八円

裁判を闘って　弁護士を志す若き友へ　島林　樹
四刷　A五判　上製カバー装　三三六頁　本体一八〇〇円

海を渡った光源氏
――ウェイリー、『源氏物語』と出会う　安達　静子
四六判　上製カバー装　四三二頁　本体二六八六円

私の万華鏡―文人たちとの一期一会　井村　君江
四六判　上製カバー装　二八六頁　本体二五〇〇円

新刊・近刊

泉鏡花俳句集　秋山稔編
初句集。五四四句収載。鑑賞・高橋順子　解説・秋山稔
四六判変型　上製本　二四〇頁　本体一八〇〇円

歌集　明星探求　逸見久美
第五歌集　A五判上製カバー装　二二四頁　本体二六〇〇円

〈炎環叢書〉

5　句集　**柔き棘**　柏柳明子
序・石寒太　四六判　並製　一六〇頁　本体一八〇〇円

6　句集　**澄める夜**　こがわけんじ
序・石寒太　四六判　並製　一八四頁　本体一八〇〇円

7　句集　**無用**　市ノ瀬遙
序・石寒太　四六判　並製　二三二頁　本体一八〇〇円

8　句集　**訪ふ**　万木一幹
序・石寒太　四六判　並製　一八四頁　本体一五〇〇円

想い出すままに
与謝野鉄幹・晶子研究にかけた人生　逸見　久美
四六判　上製カバー装　三三六頁　本体二三〇〇円

●和歌秀詠アンソロジー・二冊同時発刊

恋うた　百歌繚乱　松本　章男
四六判　上製カバー装　三五四頁　本体二三〇〇円

心うた　百歌清韻　松本　章男
四六判　上製カバー装　三六〇頁　本体二三〇〇円

紅通信第七十九号　発行日/2020年11月2日　発行人/菊池洋子
発行所/紅(べに)書房　〒170-0013 東京都豊島区東池袋5―52―4―303
振替/00120-3-35985　電話/03-3983-3848　FAX/03-3983-5004
https://beni-shobo.com　info@beni-shobo.com

夏草を頼りに摑む翁径

夏つばめまだ揺れてゐしみちのくよ

夏旺んことばの戦はじまれり
でで虫の殻振り砂の音少し

みちのくやひよつこりへうたん島祭

太陽の黒点へ急く蟻ひとつ

七夕竹巌に還りし海士が墓

なでしこの丘に吹かれし曾良の墓

秋暑し伊方原発三号機

秋寂ぶや太陽の塔つきぬけし

健啖の齢のはるか豊の秋

沖縄の基地の変はらず秋の天

つくつくほふしつくつくぼふしつくしけり

瓦礫二年更地三年赤蜻蛉

びつくり水夜長の狸饂飩かな

硯にも海坂のあり秋の蝶

太陽を愛する詩人蔦紅葉

草の絮翔《た》ちし真青の天城宿

うぶすなの父亡き空き家金柑よ

タゴールの不戦のことば草紅葉

枯れゐても釣舟草の舟釣りし
草の花いろいろいろヒトもいろいろよ

今朝の冬鬼となるまで句を攻めむ

冬麗ら寝息の妻を確かめし

胸に付く綿虫ひとつ見せに来し

光年の睡り覚めをり冬の浪

大阿蘇の黒き噴煙冬の雲

俳諧の近道のなし冬山河

父の忌の二日過ぎをり十二月

裏山の梟のころ父還り

忘れられたる梟の大目玉

逢ふための一夜の手套脱ぎにけり

冬青空戦あること忘れゐし

冬天下霹靂メールひとつ来し

雪嶺や先へ先へと犬の鼻

みちのくのたちまち消えし寒夕焼

句集　風韻　畢

あとがき

「炎環」が三十周年を迎えた。

最新句集『風韻』を上梓する。

『あるき神』『炎環』『翔』『夢の浮橋』『生還す』『以後』につづく第七句集となった。他にアンソロジー『石寒太句集』がある。

『風韻』とは風趣、少しでもこころ豊かに過ごしたいとのささやかな願いからつけたが、果して如何であったろうか。

『風韻』にも、入退院の句が見える。がんは幸いにも内視鏡にて切除出来て助かった。

本書は、新たな「炎環叢書」の出発の一書となった。編集の丑山霞外編集長、原稿打ち込みの宮本佳世乃氏にお世話になった。

校正は、三井つう・小熊幸・道坂春雄氏の「炎環」校閲部のみなさん、野上正子氏に助けていただいた。装幀の鈴木一誌さん、紅書房の菊地洋子さんにも感謝している。

これまで、多くの仲間たちに支えられて来たことを、こころより喜んでいる。

みなさん、本当にありがとう。

平成二十九年　夏

石　寒太

初句索引

五十音順(現代かな遣い)

あ行

逢ふための……208
青胡桃……103
仰向けや……100
青柳……182
赤き蟹……192
紅き薔薇……186
赤彦の……159
赤目四十八滝……149
秋暑し……197
秋風や……158
秋寂ぶや……197
秋蟬の……22
秋茄子の……22
秋彼岸……58
秋日燦……23
朝ざくら……177
朝日受く……130
あぢさゐの……44
足長の……7
安達太良の……58
天城山……146
天の川……153
洗ひたる……85
あらたまの……169
荒梅雨や……192
安房上総……158
いかのぼり……127
イギリス海岸……65
遺句集に……118
生くること……131
生くるとは……136
十六夜の……21
石垣に……187
石手寺の……187
石松の……184
一期なる……88
一幹の……162
一句吐き……172
一本の……17
凍滝の……126
凍星の……26
今際の……118
刺青の……151
いろいろいろ……115
岩つばめ……191
うしろ向きに……77
薄氷や……82
歌に哭く……127
美しき……8
うぶすなの……202
馬の背に……170
海の傷……112
海見えて……46
うらうらら……89
うららかや……91
裏山の……207
嬰の掌の……87
X線の……52

絵手紙の……47
炎昼の……47
遠島百首……140
老いてなほ……155
黄落の……113
大阿蘇の……206
大海月……150
大津絵の
—鬼の髭跳ねのどかなり……11
—鬼の笑ひし雛の間……176
大年の……121
大向日葵……93
隠岐泊り……105
沖縄の……198
贈られし……178
落葉掬ふ……161
落葉降る……117
鬼柚子の……116
おぼろ月……137
朧夜の……35
思ひきり……81

か行

書付花……93
核の塵……42
駆けつけし……107
陽炎の……129
風花浮遊……119
風花へ……68
勝越しの……148
郭公の……180
亀の鳴く……9
乾鮭に……69
からつぽの……154
枯れゐても……203
涸川や……72
瓦礫二年……199
枯れすすむ……24
雉子の眸や……12
気の遠く……91
着ぶくれの……166
九条の
—会の案内や春疾風……88
—ちらしにつつむさくら餅……178
鏡台へ……11
黄のカンナ……147
空港は……115
草田男の……109
草の花……203
草の絮
—翔んで山高帽の上……157
—翔ちし真青の天城宿……201
口寄せに……55
靴よりも……164
くらがりの……181
黒川能……50
啓蟄や……78
軽トラの……90
今朝の秋
—犬の眉毛の濃くなれり……109
—秋眼下戦火へ傾きし……153
今朝の冬……204
蚰蜒の……18
結界の……157
結界や……92
検査食……53
検査入院……52
源氏絵へ……174
原子炉の……131
健啖の……198
抗癌剤……70
校正へ……119
光太郎の……62
光年の……205
光琳の……32
ゴーギャンの……150

越の谷……82
御神体……160
骨壺に……44
子つばめの……186
子の抛げし……183
湖北より……83
子別れの……97

さ行

塞翁の……59
採血の……134
さかしまの……73
朔太郎の……182
さくらの芽……133
さくら餅……135
猿のこしかけ……110
鰆東風……29
産院の……170
三月や……86
残酷な……176
「さんたんたる鮟鱇」……14
子規堂の……188
しぐるるや……159
獅子に……154
七月の……16
死ぬるまで……114
斜陽館の……15
上海や……36
楸邨忌……97
楸邨に……79
楸邨の
—顎の黒子や十二月……165
—供華はなやぎし梅雨墓参……46
—句碑にもひとつ螢来よ……101
—海月のくらり沈みけり……101
—海月の透きし重さあり……102
—ことばのちから茨の實……106
—ことば反芻春の風……79
—怒濤きらきら夏至の朝……141
—謎めく一句去年今年……77
—星出るころぞ木下闇……96
—流離の時代草の絮……20
秋灯下……61
手術前夜……56
述懐の……86
十指組む……63
修羅の世の……103
少年の……145
白南風の……188
白南風や……98
震災の……67
新年の……29
水兵の……99
硯にも……200
砂時計……128
生還の……19
生誕の……111
寂寞の……14
赤壁の……189
セシウムの……132
セッターの……78
雪嶺や……210
「セロ弾きのゴーシュ」……42
戦後七十年……125
戦争法案……148
栴檀の……105
葬送の……94
遭難の……130
双眸の……174
そもそもの……95

た行

退院の
—朝や台風ゆつくり来……60
—鞄へひとつ冬林檎……121

—見舞呆けの大南瓜 59
—ラジオ体操小鳥来る 60
—欄の二文字夏至夕べ 142
大文字 108
太陽の 195
太陽を 201
焼火山 190
啄木像 144
凧糸勁く 85
タゴールの 202
闘ふ蟻 139
翔つたびに 81
鬣の 7
たなごころ 107
七夕竹 196
賜はりし 106
端午の日 94
チェロ負ひて 140
地下街へ 111
地下鉄窓 149
父睡る 173
父の忌の 207
つくしんぼ 33
つくつくほふし 199
つばくらめ 84
妻いつか 68
妻置き去りに 108
妻の読む 45
妻へ向く 13
梅雨いかづち 49
梅雨入りや 185
梅雨鴉の 104
梅雨の 189
定位置に 71
出そびれの 129
デッサンの 137
てつぺんに 89
鉄砲坂 113
でで虫の 194
てのひらに 135
てのひらの 114
天界の 155
天国へ 17
天国まで 161
点滴の 54
点滴は 55
点滴や 54
冬天下 209
遠目にも 24
同齢の 138
蟷螂の 21
朱鷺を 84
どの小径 18
飛魚や 102
鳥曇 8
どろばう橋 9

な行

流さるる 175
亡き母の 136
亡き人の 41
泣虫へ 169
夏草の 43
夏草を 193
夏衣 48
夏旺ん 194
夏旅の 43
夏つばめ 193
夏の月 19
なでしこの 196
ななかまど 156
南風へ 98
日本狼 160
日本より 34
入院の 51

ニュータウン 180
にはたづみ 141
野遊びや 177
のうぜん花 151

は行

俳諧に 156
俳諧の 206
排泄の 53
霾天や 35
薄紅梅 30
葉ざくらの 183
走り梅雨
—しくしくしくしく手術痕 143
—楸邸伝のいま半ば 185
走る蟻 100
パスポート 72
裸木の 163
旗のごと 34
八月や 99
初句集 152
初木枯 116
初蝶の 172
花の屑 87
花冷えや 31
花万朶 179
母睡る 128
母見舞はざる 179
母逝きし 61
母よ来よ 117
はらからの 134
薔薇ひらく 13
はるかなる 36
春隣 26
春の雪 92
哈爾濱へ 120
はろばろと 63
晩年の 171
ピカドンを 57
飛花落花 90
ひかり満つ 190
びつくり水 200
人の死へ 83
緋の躑躅 39
百歳の 38
百年の 110
病院の 133
ひらひらり 139
昼寄席の 112
ひろびろの 41
ブーゲンビリア 152
風神の 32
風船屋台 40
不機嫌な 163
河豚ひとひら 70
吹けば飛ぶ 173
富士は不二 166
ふたたびの 64
吹越に 69
ふところの 38
冬青空 209
冬麗ら 204
冬近し 65
冬めくや 164
振り返る 45
ふるさとの 138
ふるさとへ 33
BMWの 23
碧天へ 171
ベルリオーズ 48
放心の 57
牡丹や 12
抱擁か 25
頬杖の 25
星めぐりの 67
ポメラニアン 73

本塁を……40

ま行

また春の……30
松の内……125
まん丸の……175
みささぎの……191
水音の……37
みちのくの
—修羅よ筍流しかな……15
—たちまち消えし寒夕焼……210
みちのくや……195
みどりの淵の……181
峰雲の……143
みほとけの……184
みみづくの……66
みんなみへ……66
胸に付く……205
名誉市民……50
もう兎……122
喪ごころの……49
もののふの……31
喪の花の……74
ももいろの……10
問診の……132

や行

八雲立つ……10
赤楝蛇……146
病む馬の……56
雪をんな……122
雪催……74
呼べばすぐ……80

ら行

ラグビーの……71
熔岩躑躅……39
陸沈や……64
流亡の……20
臨江閣
—越ゆる青筋揚羽かな……95
—のふたつ銅鉢緋の金魚……96
流人墳墓群……104
レシートの……165
列柱に……80
蓮華舞……144
連獅子の……51
老鶯や
—はなればなれにゐる夫婦……16
—妻の泪のあふれ来し……142
—廻りて軋む摩尼車……147
老耄の……37
蝋涙の……120

わ行

別れぎはの……126
わけもなく……145
忘れられ……208
綿虫の……162
藁塚の……62

❖著者略歴

石寒太…いし・かんた

1943年、静岡生まれ。本名、石倉昌治。

1969年、雑誌「寒雷」に入会、加藤楸邨に俳句を学ぶ。

現在、俳誌「炎環」主宰、「俳句αあるふぁ」編集長、毎日文化センター・朝日カルチャーセンター・NHK俳句教室講師。日本文藝家協会・近世文学会・俳文学会・現代俳句協会会員。

著書に、句集『あるき神』『炎環』(花神社)『翔』『石寒太句集』『生還す』『以後』(ふらんす堂)『夢の浮橋』(光書房)、評論・随筆に『山頭火』『こころの歳時記』『いのちの一句　がんと向き合う言葉』(毎日新聞)『尾崎放哉—ひとりを生きる』(北溟社)『山頭火の世界』『俳句日歴』『宮沢賢治の俳句』(PHP研究所)『わがこころの加藤楸邨』『ケータイ歳時記』(紅書房)『「歳時記」の真実』(文春新書)『俳句はじめの一歩』『おくのほそ道謎解きの旅』『芭蕉のことばに学ぶ俳句のつくり方』(リヨン社)『心に遺したい季節の言葉』(KKベストセラーズ)『仏教俳句歳時記』(大法輪閣)『芭蕉の晩年力　求めない生き方』(幻冬舎)『芭蕉の名句・名言—読んで、聞いて、身体で感じる』(日本文芸社)『命の一句』『恋・酒・放浪の山頭火　没後七十年目の再発見』(徳間書店)『宮沢賢治　祈りのことば』(実業の日本社)『加藤楸邨の100句を読む』『宮沢賢治の全俳句』(飯塚書店)『よくわかる俳句歳時記』(ナツメ社)『宮沢賢治幻想紀行』『宮沢賢治の言葉』(求龍堂)など多数。

炎環叢書　1

句集
風韻《ふういん》

二〇一七年一二月一日　第一刷発行

著者……石寒太
編者……炎環編集部（丑山霞外）
造本……鈴木一誌＋山川昌悟
発行者……菊池洋子
発行所……紅書房
東京都豊島区東池袋五－五二－四－三〇三
郵便番号＝一七〇－〇〇一三
電話＝（〇三）三九八三－三八四八
FAX＝（〇三）三九八三－五〇〇四
ホームページ……http://beni-shobo.com
印刷・製本……萩原印刷株式会社

ISBN978-4-89381-321-3　C0092